餐桌上的《世说新语》

蓝雯轩　编著

山东人民出版社·济南
国家一级出版社　全国百佳图书出版单位

图书在版编目（CIP）数据

餐桌上的《世说新语》／蓝雯轩编著 .－－济南：山东人民出版社，2024.6
ISBN 978-7-209-14538-1

Ⅰ. ①餐… Ⅱ. ①蓝… Ⅲ. ①《世说新语》小说研究②饮食－文化－中国－古代 Ⅳ. ①I207.419 ②TS971.202

中国国家版本馆 CIP 数据核字（2023）第 081016 号

餐桌上的《世说新语》
CANZHUO SHANG DE《SHI SHUO XIN YU》
蓝雯轩　编著

主管单位　山东出版传媒股份有限公司
出版发行　山东人民出版社
社　　址　济南市市中区舜耕路517号
邮　　编　250003
电　　话　总编室（0531）82098914
　　　　　市场部（0531）82098027
网　　址　http://www.sd-book.com.cn
印　　装　山东华立印务有限公司
经　　销　新华书店

规　　格　24开（182mm×196mm）
印　　张　7
字　　数　110千字
版　　次　2024年6月第1版
印　　次　2024年6月第1次
ISBN 978-7-209-14538-1
定　　价　48.00元

目　录

粗茶淡饭有余欢

在粗茶淡饭是常态的古代，能餐餐大鱼大肉可是很多人一生梦寐以求的，但也有很多人宁愿“饭疏食饮水”，魏晋时期，对这一风尚更是格外推崇。

庾公欲起周子南，子南执辞愈固。庾每诣周，庾从南门入，周从后门出。庾尝一往奄至，周不及去，相对终日。庾从周索食，周出蔬食，庾亦强饭，极欢。并语世故，约相推引，同佐世之任。既仕，至将军二千石，而不称意。中宵慨然曰：“大丈夫乃为庾元规所卖！”一叹，遂发背而卒。

——《尤悔第三十三》之十

注：周劭，著名隐士

注：庾亮，征西将军，当时最高实权掌握者

第二天

子南我来看你啦！
哈哈，这回总算逮住活的了。
静——
子南啦，
天黑了，给老兄弄点吃的呗。
糙米饭
水煮白菜
呃——

吧唧吧唧——
呃——
只有这个吗？

充耳不闻
当今的天下形势啊……

嗝——
啪！
周子南，你不要敬酒不吃吃罚酒！

第三天

封周劭为镇蛮护军，西阳太守，封秩二千石——

不久，周劭郁郁而终。

粗茶淡饭是周劭的选择，但在庚亮的软硬兼施下还是违背了自己原本的人生意愿。甲之蜜糖，乙之砒霜，还是有很多人甘于粗茶淡饭而不愿锦衣玉食的呀。

知识可以当饭吃呀

知识的力量，古人的体验比今天的我们或许更深，所以才会有“映雪凿光”之类的励志故事流传至今。在东汉以来清谈逐渐成风的时代，博学更被人推崇，还真有不少学子“沉迷学习无法自拔”，以至于连饭都吃不上。可见就算是古人也知道，精神食粮远比物质食粮重要。

宾客诣陈太丘宿，太丘使元方、季方炊。客与太丘论议，二人进火，俱委而窃听，炊忘著箅，饭落釜中。太丘问：“炊何不馏？”元方、季方长跪曰：“大人与客语，乃俱窃听，炊忘著箅，饭今成糜。”太丘曰：“尔颇有所识不？”对曰：“仿佛志之。”二子俱说，更相易夺，言无遗失。太丘曰：“如此，但糜自可，何必饭也！”

——《夙慧第十二》之一

注：陈寔，东汉时期官员、名士，曾担任太丘长，被称为陈太丘

至人无己……
道可道……
不容然后见君子……
咕噜咕噜——
落下落下……
咕噜咕噜——
啊——啊——
米都掉到釜里成糊糊啦！
咕噜咕噜——
忘记放竹箅了？
你们俩咋啦？

注：蒸饭时，在甑底放一竹箅，将食物放入甑中，再将甑放入釜中，釜里加满水，加入水蒸煮即可。若不放竹箅，放入釜中，自然成糜（糊糊）。

不对不对，
父亲明明说
的是，毋意、
毋必、毋固、
毋我……
这里伯伯还
补充说了……

这样嘛，吃米糊糊
也挺好，干吗一定
要吃饭呢？

吧唧吧唧
嘻嘻
哈哈

一顿改变命运的饭

中国人的餐桌，从来都不只是吃饭的地方而已，它总是承载了太多的社交功能。一顿饭就改变命运的例子，并不鲜见。尤其是在实行九品中正制的魏晋，“餐桌”作为交际场所，对于没钱没背景却想要实现人生逆袭的陶侃来说，就更为重要了。

陶公少有大志，家酷贫，与母湛氏同居。同郡范逵素知名，举孝廉，投侃宿。于时冰雪积日，侃室如悬磬，而逵马仆甚多。侃母湛氏语侃曰：“汝但出外留客，吾自为计。”湛头发委地，下为二髲，卖得数斛米。斫诸屋柱，悉割半为薪；剉诸荐，以为马草。日夕，遂设精食，从者皆无所乏。逵既叹其才辩，又深愧其厚意。明旦去，侃追送不已，且百里许。逵曰：“路已远，君宜还。”侃犹不返。逵曰：“卿可去矣。至洛阳，当相为美谈。”侃乃返。逵及洛，遂称之于羊晫、顾荣诸人，大获美誉。

——《贤媛第十九》之十九

注：陶侃母亲，湛氏

注：陶侃，东晋名将

注：范逵，当地望族，举孝廉

咔嚓
呼呼呼
呼呼呼
请给我米酒和肉。
发髻
铺床的垫子
嚼嚼嚼

咔嚓咔嚓
屋子的支柱

范兄肯来已经使寒舍蓬荜生辉了……
士行，不好意思，来之前也没给你打个招呼。

哇哦——
开饭咯！

这是我吃过的最好的一顿饭啊，呜呜呜……

为了帮助门第低微却志向远大的陶侃实现自己的理想，母亲湛氏宁愿剪掉了女子最珍视的头发，拆掉大半个家，也要帮助儿子结交可以帮助他的人。能做出这样的牺牲，又有如此之强应变能力的母亲，实在了不起。而他们想要改变自己命运的决心，也让人肃然起敬。

一顿饭缔结的姻缘

在两晋这样一个由门阀贵族掌控的时代，门第低微就意味着几乎没有跨越阶层的可能。然而中国人的餐桌，作为特殊的社交场合，有时会提供一些意想不到的机会，给那些有志改变自己命运的人。

周浚作安东时，行猎，值暴雨，过汝南李氏。李氏富足，而男子不在。有女名络秀，闻外有贵人，与一婢于内宰猪羊，作数十人饮食，事事精办，不闻有人声。密觇之，独见一女子，状貌非常，浚因求为妾。父兄不许，络秀曰："门户殄瘁，何惜一女？若连姻贵族，将来或大益。"父兄从之。遂生伯仁兄弟。络秀语伯仁等："我所以屈节为汝家作妾，门户计耳。汝若不与吾家作亲亲者，吾亦不惜余年！"伯仁等悉从命。由此李氏在世，得方幅齿遇。

——《贤媛第十九》之十八

注：周浚，东晋名将，因伐吴有功封成武侯

注：李络秀，晋朝名臣周顗的母亲

哗啦哗啦
肚子饿！
府李
咕噜～

哗啦哗啦
贵人请进。

哼，这才像话嘛！
多谢多谢！

我们家主人已经为贵人准备好了换洗衣物。
哇——
我们家主人已经将贵人的马牵去吃草了。贵人们的饮食也已经备好，请上席。
嘻嘻嘻——
请——
哇——
哇——

吧唧吧唧——
怎么这户人家没有人出来招待，饮食却置办得如此精致。我得去看看。
厨房
～蹑手蹑脚～
嘻嘻

咕嘟咕嘟

哇，又能干又漂亮，我纳定了！

不久后——

哎呀，李先生，你家有喜啦，成武侯周将军向你们家女儿提亲啦！
注：李络秀父、兄

周将军他怎么会知道我们家女儿的？
问络秀去。

……嗯嗯，事情就是这样啦！

我们家门第是低了点，可还算富足，怎么能委屈去给周家当妾！

嗯嗯，是了，不能委屈我们家女儿。

我们家门户都这样了，还计较一个女儿干什么？周家门第高贵，也许将来有什么大收益。

我的儿，你总是这么有主见，好吧，就依你！

三十年后——

注：尚书左仆射周𫖮、御史中丞周嵩、后军将军周谟

作为一个一千多年前的女孩，能有这样的气魄和决心，实属不易。不管这“一饭”牵来的姻缘对她来说是幸福还是妥协，最终得偿所愿，也不失为那个时代的美好归宿。当然咯，这个故事的另一个意义就是：做一手好菜，在生活中可是加分项，一千多年后的今天，无论男女都应该强烈意识到这一点吧？

一场惊心动魄的谋杀：枣

在魏晋时期，枣不仅是先民社会生活和日常饮食中的关键元素，它还承载着深厚的文化寓意，被视为“长生”的象征。无论是传说中安期生食枣的故事，还是关于西王母枣的传说，都体现了枣作为长寿意象的深远影响，这种意象甚至频繁地出现在当时的器物装饰之中。然而，正是这种被魏晋人深信食之可以延年益寿的神奇水果，却意外地与历史上一桩惊心动魄的谋杀案紧密相连。

魏文帝忌弟任城王骁壮，因在卞太后阁共围棋，并啖枣，文帝以毒置诸枣蒂中，自选可食者而进。王弗悟，遂杂进之。既中毒，太后索水救之。帝预敕左右毁瓶罐，太后徒跣趋井，无以汲。须臾，遂卒。复欲害东阿，太后曰：“汝已杀我任城，不得复杀我东阿！”

——《尤悔第三十三》之一

任城王来啦！
注：卞太后，曹操之妻，曹丕曹植之母
注：曹丕
好久没见到彰儿啦，赶快叫他进来。
曹彰见过大王太后。
免礼免礼！
欢迎欢迎！
注：任城王曹彰
好呀好呀。
兄弟交流感情就对了！
陪哥哥下盘棋如何？
哼！

去，拿上贡的枣
给任城王尝尝。
吃枣，吃枣。
哼哼，看你
认不认得出
有毒无毒！

耶!
咔哧咔哧——
扑通——
耶!
赶快拿水来呀，快呀！！
瓶子都破了。
什么！
砰砰砰砰
耶!

《世说新语》是著名的“曹丕一生黑”，用枣毒杀曹彰，其实并未见得可信。曹彰的死倒是成全了曹植，曹植用他那独得八斗的惊世文学才华写出《赠白马王彪》，流传后世——枣当然不是仙药，也不大可能被用来谋杀，但权力斗争背后巨大的恐慌和悲愤，却是实实在在的。

请客的“秘诀”

在中国人的餐桌上，请客永远都是一件大事，尤其是古人都在家设宴，那可够忙活十天半月了：鸡鸭鱼肉山珍海味新鲜食材看家名菜……这还都是小事一桩，最关键的东西有没有，那才是客人关注的重点。

过江初，拜官，舆饰供馔。羊曼拜丹阳尹，客来蚤者，并得佳设。日晏渐罄，不复及精。随客早晚，不问贵贱。羊固拜临海，竟日皆美供。虽晚至，亦获盛馔。时论以固之丰华，不如曼之真率。

——《雅量第六》之二十

注：丹阳尹羊曼

天色渐晚

不久，又有人升官要请客了……

注：临海太守羊固

清晨
恭喜恭喜！
同喜同喜！
请进！
哇，这可比丹阳尹
羊曼大人请客大方
多啦！
呦呵！呦呵！哟呵！
天色渐晚
我们来晚了一点，
大人不要见怪。
哪里哪里，
里面请。

宴会的高规格、食材的丰富，都及不上主人的真诚，而真诚，总会有一点点瑕疵的。这就是古人请客的最高标准哦，今天的大家，记住这个秘诀了吗？

魏晋时的斗富宴

今天，我们也会常常听说大酒店里的高级宴请，人均十几万一桌的超级豪宴……还有不仅没吃过，甚至连听都没听过的山珍海味。但比起古人，这都是小巫见大巫，因为今人的炫富宴只是在食材上做文章，比起古人对于“吃”本身的那份想象力，可就望尘莫及啦。比如魏晋时期的顶级富豪石崇，就是一个典型的在吃上不作不死的家伙。

王君夫以饴精澳釜，石季伦用蜡烛作炊。君夫作紫丝布步障碧绫里四十里，石崇作锦步障五十里以敌之。石以椒为泥，王以赤石脂泥壁。

——《汰侈第三十》之四

注：石崇家

“吃饱了撑的”形容这两位，大概是最合适不过了。

当然，光比怎么把钱当柴烧来做饭，只是炫富的初级阶段，把最普通的食材做出最新鲜的味道，那可就是一门艺术啦。只是这样的“高科技”艺术，也是有知识产权的，而且“维权”成本还很高。

石崇为客作豆粥，咄嗟便办；恒冬天得韭蓱虀。又牛形状气力不胜王恺牛，而与恺出游，极晚发，争入洛城，崇牛数十步后迅若飞禽，恺牛绝走不能及。每以此三事为扼腕，乃密货崇帐下都督及御车人，问所以。都督曰：“豆至难煮，唯豫作熟末，客至，作白粥以投之。韭蓱虀是捣韭根，杂以麦苗尔。”复问驭人牛所以驶。驭人云：“牛本不迟，由将车人不及制之尔。急时听偏辕，则驶矣。”恺悉从之，遂争长。石崇后闻，皆杀告者。

——《汰侈第三十》之五

今天我突然到访，就是为了品尝石大人府上传说中的美味呀！
哪里，哪里！
注：王恺，晋武帝司马炎的舅舅，当时富豪
注：石崇，西晋官员，当时首富
豆粥不是最难煮熟吗？怎么这小半天就有了？
这寒冬腊月，居然有新鲜韭菜末？
讨厌！凭啥他石崇就能那么快煮熟豆粥，凭啥他石崇冬天能有韭蓱虀！

我白养了你们！你们这群废物，坑货！
大人，大人，我们找到了石崇的管家，他一摇头我们就塞钱，一摇头就塞钱，终于把他带来啦！
快带上来！
豆最难熟了，所以我家主人都让厨师预先把豆子煮熟加工成豆末儿，客人到了，只需把豆末儿往白粥里一放就得了；寒冬腊月没韭菜，就把韭菜根捣碎再往里掺点小麦绿苗。
捣豆子
豆末
韭菜根
今天我也突然造访，王大人不要见怪呀。
哪里哪里，石大人客气了。

虽说石崇因为自己的做菜食谱被泄露而动了怒，但毕竟这种骗人的小伎俩为的仅仅是自己的面子，真是玷污了中华吃货之名。

吃错啦

在中国传统的餐桌上，最讲究的就是吃饭的“礼数”，吃得精致、吃得高雅、吃得有创意、吃得有风度……那就难免有吃错了的时候，也自然会闹笑话啦！

王敦初尚主，如厕，见漆箱盛干枣，本以塞鼻，王谓厕上亦下果，食遂至尽。既还，婢擎金澡盘盛水，琉璃碗盛澡豆，因倒著水中而饮之，谓是干饭。群婢莫不掩口而笑之。

——《纰漏第三十四》之一

注：王敦，东晋著名将领、权臣

这是卫生间吗？
咕噜咕噜
是的，驸马。
怎么比俺之前的卧室还华丽！可不能让他们笑话咱！
咕噜咕噜
嘿哟，终于舒服啦！
哟？
咦，这卫生间里还有干枣吃呀？难道是为了补充能量？
吧唧吧唧

哟？
好吃好吃，
想得可真周到！
嗝
咣当
嘻嘻嘻——
还有冲泡麦片呀？
难道让我在洗手间吃早饭？
嘻嘻
哗啦哗啦
咕噜噜噜

王敦出身东晋最著名的门阀贵族琅琊王氏，想来也是锦衣玉食，只是还是抵不上皇权富贵，闹了一大出笑话。不过这也怪不了王敦，这吃的礼数和讲究太多，谁都有没见过世面的时候，是不是呀？

急性子的鸡蛋

鸡蛋大约是最早的世界各地人们餐桌上的美食吧？华夏文明早期有很多关于“蛋”的传说，比如盘古在一个像鸡蛋一样封闭的世界里开天辟地，玄鸟生下的一枚蛋被一个女人吃了，于是生了殷人和秦人的祖先，等等。

《齐民要术》中记载的什么“瀹鸡子”、“炒鸡子”、“鸡鸭子饼”之类，和今天的荷包蛋、炒鸡蛋、煎鸡蛋几乎一模一样。炒鸡蛋这道菜甚至被认为是魏晋时期“炒”这种中国独有烹饪手法就已成熟的有力例证。

不过在《世说新语》中，鸡蛋的形象就不那么光彩啦。它出现在一个喜感很强的故事中——王蓝田性急吃鸡蛋。

王蓝田性急。尝食鸡子，以箸刺之，不得，便大怒，举以掷地。鸡子于地圆转未止，仍下地以屐齿蹍之，又不得。瞋甚，复于地取内口中，啮破，即吐之。王右军闻而大笑，曰：“使安期有此性，犹当无一豪可论，况蓝田邪！”

——《忿狷第三十一》之二

注：王蓝田，东晋官员
咕噜噜——
咕噜噜——
咕噜噜——
啪！
咕噜噜——
咕噜噜——
咕噜噜——

踩死你，
踩死你！
踩不到，踩不到——
咕噜噜——
可恶
可恶！！
咕噜噜——
咬死你，
咬死你！
嘎吱嘎吱——

于是，王蓝田居然和鸡蛋过不去的事迹就迅速刷屏了魏晋名士的朋友圈——

看，因为一个鸡蛋，王蓝田连同家族的一世英明都毁了，充分证明在我们这个人人争做吃货的国度里，不管怎么说，也不管什么时候，都不要和吃过不去啊……

持螯杯酒赏落英

每年中秋节，赏菊、喝酒、吃蟹，这可是中国人，尤其是文人士大夫的一大乐事。李白说："蟹螯即金液，糟丘是蓬莱。"苏东坡则云："空烦左手持新蟹，慢绕东篱嗅落英。"

吃蟹，吃出了一个典故，一种情怀，也是中国饮食文化史上的一段佳话。而这段佳话的起源就在《世说新语》中："一手持蟹螯，一手持酒杯，拍浮酒池中，便足了一生。"——身为吃货，我辈也就剩下这点出息了。

菊花自是隐逸之花，喝酒可以让人达到忘忧的境界，再加上美味的蟹，便给这清冷虚无的世界添加了一些味道，一些美好。

毕卓字茂世，新蔡鲖阳人也。父谌，中书郎。卓少希放达，为胡毋辅之所知。太兴末，为吏部郎，常饮酒废职。比舍郎酿熟，卓因醉夜至其瓮间盗饮之，为掌酒者所缚，明旦视之，乃毕吏部也，遽释其缚。卓遂引主人宴于瓮侧，致醉而去。

——《晋书》卷四十九

注：吏部郎毕卓

偷酒贼——
昨晚上有个不知死活的贼来我们家偷酒，被我打晕了绑起来了！
有这事，去看看。
吏部……
吏部郎大人……
还有酒吗？
……酒……
咕噜咕噜
大人，误会，误会……

但名士总是天真的。同样是东晋士人的蔡谟，西晋灭亡后渡江，生在北方的他几乎从未见过蟹这种生物，于是当他见到“彭蜞”（蟛蜞）的时候，就以为它是时人常食的河蟹一类，结果弄得自己上吐下泻，几乎死去。

蔡司徒渡江，见彭蜞，大喜曰：“蟹有八足，加以二螯。”令烹之。既食，吐下委顿，方知非蟹。后向谢仁祖说此事，谢曰：“卿读《尔雅》不熟，几为《劝学》死！”

——《纰漏第三十四》之三

注：司徒蔡谟

然后——

注：镇西将军、豫州刺史谢尚

看来，书读少了，吃货当不成，被人瞧不起不说，还会有性命之忧啊……

美味得让人辞职的“鲈鱼脍”

生鱼片“脍”味道鲜美，自古就是中国人餐桌上的一道佳肴。但古代运输不易，若要吃到美味鱼生，只能在靠近江河的江南。但中国的政治中心大多在北方，于是，就有吃货得在“脍”和“官位”之间取舍了。

魏晋时期，张翰因为想念家乡的美味，官也不做了，一心卷铺盖回家，成为中国历史上有名的佳话。

张季鹰辟齐王东曹掾，在洛，见秋风起，因思吴中菰菜羹、鲈鱼脍，曰：“人生贵得适意尔，何能羁宦数千里以要名爵！”遂命驾便归。俄而齐王败，时人皆谓为见机。

——《识鉴第七》之十

起秋风了啊——
该吃鲈鱼脍了！
哇呀呀……
人生最重要的就是过得舒服吃得痛快，怎么能被官位牵绊离家千里呢？
童儿，回家吃脍去……
啊，隔得这么远……

……

不过，随后动荡证明，鲈鱼脍的美味，拯救了张翰。

洛阳，八王之乱

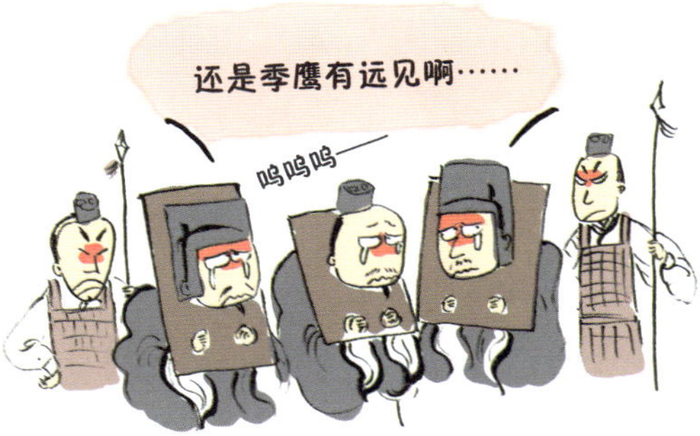

不知道是鲈鱼脍成全了吃货张翰，还是张翰成全了鲈鱼脍，也不知道他的鲈鱼脍之思真的是出于远见，还是对权力的淡漠、恐惧抑或厌倦。但无论如何，他都给了我们一种超脱主流的生命选择和浪漫想象。世事难料，先珍惜嘴边的美味吧……

彰显吃货气节的“脍”

“脍”，也就是生鱼片，很早就是中国人餐桌上的一道传统美味了。吃法也和今天一样，把生鱼切成薄薄的肉片然后蘸着佐料吃。孔子留下一句今天仍被吃货们津津乐道的人生信条：“食不厌精，脍不厌细。”但纵然吃得千般讲究，古人最讲究的还是饮食中的“气节”，“吃”中自有风度。在《世说新语》这样一部魏晋名士行为大赏集中，自然也少不了这样有气节的吃货。

桓车骑在荆州，张玄为侍中，使至江陵，路经阳岐村。俄见一人持半小笼生鱼，径来造船，云：“有鱼欲寄作脍。”张乃维舟而纳之，问其姓字，称是刘遗民。张素闻其名，大相忻待。刘既知张衔命，问：“谢安、王文度并佳不？”张甚欲话言，刘了无停意。既进脍，便去，云：“向得此鱼，观君船上当有脍具，是故来耳。”于是便去。张乃追至刘家。为设酒，殊不清旨，张高其人，不得已而饮之。方共对饮，刘便先起，云：“今正伐荻，不宜久废。”张亦无以留之。

——《任诞第二十三》之三十八

注：张玄，侍中

大人请——
原来被大神翻牌了！
!?

有刀吗？
有……

有酱吗？
有！

有醋吗？
有！

吧唧吧唧
……
今天打了点鱼，突然想吃生鱼片，我猜你们船大肯定有工具啦。
啊？！
走啦——
大人，我们聊聊……
大人，等等啊……
侍中大人喂……

在真正的吃货心里，美食当然比权贵重要。在魏晋这样思想开放的时代，世人也普遍尊重吃货的“气节”。当然，生鱼片的美味也可见一斑哇。

胡汉饮食交融的“酪”

酪，原本是游牧民族的典型食物。中国历史上最有名的“汉奸”之一中行说曾说：“得汉食物皆去之，以示不如湩酪之便美也。”便将以酪为代表的“胡食”和“汉食”对立，鲜明表明自己对汉朝文化的厌恶和对匈奴人汉化的担忧。不过在汉食被胡人喜爱了 300 年后，胡食也被汉人所接受。到了魏晋，贵族们甚至为了捍卫“酪”的荣誉而在《世说新语》中留下了几场经典的“口水仗”。

陆机诣王武子，武子前置数斛羊酪，指以示陆曰：“卿江东何以敌此？”陆云：“有千里莼羹，但未下盐豉耳。”

——《言语第二》之二十六

你们江南难道
还有比这个更
好吃的？
酪
当然！
咦？
我们江南莼菜羹瞬间
就能把这个秒成渣！
莼菜羹
如果再加点盐豉，
那就开挂啦……
winner
交锋第一场，酪完败！

陆太尉诣王丞相，王公食以酪。陆还，遂病。明日，与王笺云：“昨食酪小过，通夜委顿。民虽吴人，几为伧鬼。”

——《排调第二十五》之十

交锋第二场

正辩：魏晋最高门楣琅琊王氏出身的王导。

反辩：江南本地士族吴郡陆氏的代表人物陆玩 。

交锋第二场，酪完败！

张天锡为凉州刺史，称制西隅。既为苻坚所禽，用为侍中。后于寿阳俱败，至都，为孝武所器。每入言论，无不竟日。颇有嫉己者，于坐问张：“北方何物可贵？”张曰：“桑椹甘香，鸱鸮革响。淳酪养性，人无嫉心。”

——《言语第二》之九十四

其实，即使在同一时期，酪到底是“胡食”，还是北人的“汉食”，都无所谓。它不过是区分阵营的一种工具而已。在任何立场决定等级的制度下，一道不起眼的菜，也足以开辟为战场。

炫富就要吃牛心

历来吃货的想象力，都是十分可怕的。比如古罗马人待客的最高规格美食之一就是孔雀肉，而且最高级别还得是白孔雀。对于古代中国人来说，那就是牛心啦。首先，古人觉得心是生命精华所在，比如什么心境、心心念念、物随心转、相由心生，还有什么比干剖心、七窍玲珑心、妖魔鬼怪用人心下酒之类……古人观念中的“心”就等于一个生灵的能量之源和智慧之始。根据中国文化中“吃啥补啥”的观点，这心嘛，自然能补充智慧和能量！其次，牛在魏晋时那可是宝贝，不仅是重要的生产资料，还是贵族们出行的“宠儿”。牛车缓缓慢慢，稳稳当当，四周还张着围帐，大家可以谈论天地万物宇宙众生——这魏晋常见的场景里，坐马车可绝不适合。

可天下吃货的心都是一样，越难得越不让吃就越要吃。

王君夫有牛名八百里驳，常莹其蹄角。王武子语君夫：“我射不如卿，今指赌卿牛，以千万对之。”君夫既恃手快，且谓骏物无有杀理，便相然可，令武子先射。武子一起便破的，却据胡床，叱左右速探牛心来。须臾，炙至，一脔便去。

——《汰侈第三十》之六

注：晋武帝司马炎的舅舅王恺

注：王济，骁骑将军、侍中，晋武帝司马炎的妹夫

哼哼，我让你，你先射！
拿箭来——
射不中，射不中！
嗖——
中……中了!!!
啊啊啊啊啊！中了！
啊……那个……我给你两千万，把八百里驳留下吧！好不好？三千万？
快去把那头牛的心给我烤来！
咬一口
呜呜呜……

可怜了这么难得的一头牛，成了“王家人”炫富斗富的工具——这才是彻底的视金钱如粪土，大有和光同尘，无所谓好坏，无所谓人兽，无所谓金子和灰土的气派。可作为吃货，咋觉得王济这也要吃，还真透着一股深深的“虚无感”咧？

一夜成名的大杀器“吃牛心”

在牛是宝贝的魏晋，牛心自然也是宝贝啦。且魏晋重视风评，当“网红”那可是人人梦寐以求的事。为此，不少人日日修炼，务求一技必杀，例如裸奔啦，长啸啦，学驴叫啦……可谓是各种博眼球。在这个盛产“奇葩”的时代，吃货也牢牢占据着“行为艺术家”的一席之地，如果能在“吃”这一中国人第一大事上刷出新的花样、新的底线，有时也是可以一夜成名的。例如，吃牛心。如此珍贵的牛心，能（敢）吃它的人，肯定也不是什么普通角色——所以如果能吃上，千万别嘴软啊！

王右军少时，在周侯末坐，割牛心啖之，于此改观。

——《汰侈第三十》之十二

周府
感谢！
感谢！！
谢谢周侯邀请！

？？！
哒哒哒——

什么小屁孩，
居然也敢赴
周侯的宴。
就是！
就是！！

注：周顗，字伯仁，东晋重臣，
荆州刺史、尚书左仆射，
当时的大名士

牛心
咚咚!
这是最珍贵的菜，当然要留给最珍贵的客人啦。
哇，那是牛心耶！
周侯亲自端来的！
会给谁呢？要是能吃到就太荣幸啦！！
给你！
什……么！！

于是，因为牛心，王羲之一夜之间就“上了头条”。

在王羲之一夜成名的道路上，“牛心”可起到了不小的推动作用。可见从古至今，要想成名，当一名吃货有时也会成为捷径。还有就是，和你一起吃饭的人通常是很重要的，吃的东西嘛，也不能太寒碜，像牛心这种装点门面的菜式，那可是流着眼泪也要吃下去。

充面子的撸串

古代人撸不撸串呢？答案当然是，撸！不过正儿八经的撸串，时间并不算太早，大概要到东汉年间。《齐民要术》形容当时的烤肉“撸串”：“色同琥珀，又类真金。入口则消，状若凌雪，含浆膏润，特异凡常也。”颜色像琥珀金子一样，吃到嘴里却和冰激凌一样……

而且那个时候，吃个烤串还是贵族的特权，你在旁边撸串大快朵颐，厨师却只能眼巴巴地烤着，想想也是挺惨的。

注：从事中郎顾荣

顾荣在洛阳，尝应人请，觉行炙人有欲炙之色，因辍己施焉。同坐嗤之，荣曰：“岂有终日执之，而不知其味者乎！” 后遭乱渡江，每经危急，常有一人左右己。问其所以，乃受炙人也。

——《德行第一》之二十五

后来，神转折来了，顾荣后来遇到了战乱，逃命途中，又碰到了抢劫……

魏晋时人爱撸串爱到什么程度呢？——死到临头也要吃串。

王敦引军，垂至大桁。明帝自出中堂。温峤为丹阳尹，帝令断大桁，故未断，帝大怒瞋目，左右莫不悚惧。召诸公来，峤至不谢，但求酒炙。王导须臾至，徒跣下地谢曰："天威在颜，遂使温峤不容得谢。"峤于是下谢，帝乃释然。诸公共叹王机悟名言。

——《捷悟第十一》之五

注：晋明帝

温峤呢？
温峤在哪？
我要杀了他！！
切，那个小子
乱发号令还说
我！
温大人啊，
陛下正在气头上……
注：温峤
陛下——
岂有此理！！
陛下赐几串
烤肉给我下酒
呗。

说到底，《世说新语》中要撸串吃烤肉的人，顾荣也好温峤也罢，只怕都没吃上。因为这烤肉不单是烤肉，更是中国人最在意的“面子”。顾荣把这个“面子”给了别人，温峤明显就是傲娇耍赖找晋明帝要“面子”。不管怎么说，这俩吃货都挺可爱的。

罗友与白羊肉

冬天最适合吃羊肉，对于古人而言，羊肉就是“美味”的代名词。古人造字，“羊大为美”“鱼羊为鲜”，连羡慕的“羡”字都是望着羊流口水的意思。如此美味，难免就有人为“小肥羊”而折腰了。

盛产“痴货”的魏晋，时任荆州刺史桓温顾问的罗友，从小就被认为是“痴人”。既是痴人，自然要做点痴事。

罗友作荆州从事，桓宣武为王车骑集别，友进，坐良久，辞出，宣武曰：“卿向欲咨事，何以便去？”答曰：“友闻白羊肉美，一生未曾得吃，故冒求前耳，无事可咨。今已饱，不复须驻。”了无惭色。

——《任诞第二十三》之四十四

桓温请客，罗友并不在宴请客人的名单上，为了吃白羊肉，他也是拼了……

《世说新语》对罗友这一行为只做了四个字评价——“了无惭色”。

罗友打小就爱吃，甚至因此有了“痴”（也就是傻）的名声。

襄阳罗友有大韵，少时多谓之痴。尝伺人祠，欲乞食，往太蚤，门未开。主人迎神出见，问以非时何得在此，答曰：“闻卿祠，欲乞一顿食耳。”遂隐门侧。至晓得食便退，了无怍容。

——《任诞第二十三》之四十一

对此，《世说新语》也只做了四个字评价——“了无怍容”。

后为广州刺史，当之镇，刺史桓豁语令莫来宿，答曰：“民已有前期，主人贫，或有酒馔之费，见与甚有旧。请别日奉命。”征西密遣人察之，至夕乃往荆州门下书佐家，处之怡然，不异胜达。

——《任诞第二十三》之四十一

这个故事充分说明，在魏晋时期的官场，出格固然不讨喜，但若太出格，那就是有风度了。不找借口，不装清高，坦然率直，没有贵贱分别心，吃货吃到这份上，也真可以靠这顿白羊肉名垂青史——中国文化对吃货的包容程度，也由此可见一斑。

珍贵的蒸乳猪

中国真正的吃货大体上都一样：有钱有闲，有文化。做到前者比较容易，做到后者大概就很难了。所以中国的吃货往往都能千古留名，比如，苏东坡、袁枚。毕竟，在中国吃顿饭并不那么容易。

《世说新语》作为魏晋风度的标杆之作，其中不乏吃货，也记载了不少食物。有一道名菜让人印象深刻——蒸乳猪。而在我们的印象中，乳猪往往是烤的，不独我们这样，西方也是如此。不过，似乎在魏晋南北朝时期，乳猪的主流做法是“蒸”，比如作为皇帝女婿的王济，就开创了一道千古名菜：人乳蒸乳猪。

武帝尝降王武子家，武子供馔，并用琉璃器。婢子百余人，皆绫罗绔褶，以手擎饮食。蒸㹠肥美，异于常味。帝怪而问之，答曰：“以人乳饮㹠。”帝甚不平，食未毕，便去。王、石所未知作。

——《汰侈第三十》之三

用的都是海外
代购的琉璃哦。

哇，为啥这
么好吃？
人乳喂养的嘛！

人乳!!
噗——

岂有此理！
……

为了做出一道美味的蒸乳猪，居然用人乳来喂养小猪，难怪晋武帝要愤愤不平，拂袖而去了。

比起阮籍在母丧时狂啃蒸乳猪被传为佳话，王济就只能等而下之了……

阮籍3岁的时候就失去了父亲，由他的母亲抚养成人，因此他和母亲感情非常深。但是当他母亲去世时，他却“蒸一肥豚，饮酒二斗”，也可见蒸乳猪的魅力。

阮籍当葬母，蒸一肥豚，饮酒二斗，然后临诀，直言：“穷矣！”都得一号，因吐血，废顿良久。

——《任诞第二十三》之九

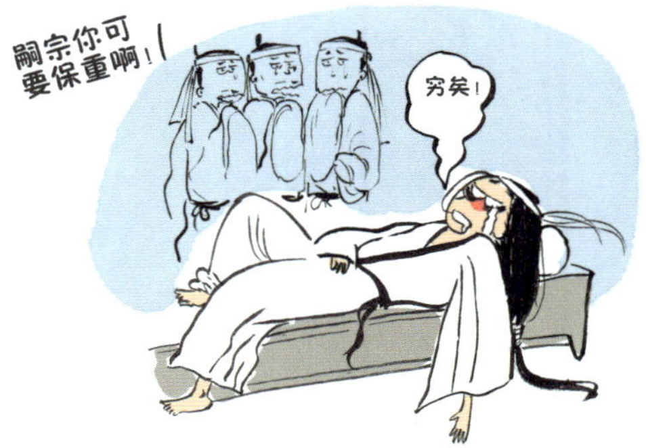

对于阮籍这样的至孝之人，孝的形式早已不重要。于是阮籍就这样借着蒸乳猪，表明自己的态度。

当然，也有比较潇洒的吃货，比如靠“啸”混饭吃的刘道真。刘道真出身贫贱，当时已经沦落到吃不饱饭，甚至被捕入狱坐了好几年的牢。但即使这样，他还是有心境啸歌不已，对于别人送来的蒸乳猪，全然不谢。古人说，不食嗟来之食，有才之人一般对于贫贱倒还能忍受，但能放下自尊，坦然接受别人的施舍，或许更为困难。此时的刘道真，吃的不是乳猪，而是态度。

刘道真少时，常渔草泽，善歌啸，闻者莫不留连。有一老妪，识其非常人，甚乐其歌啸，乃杀豚进之。道真食豚尽，了不谢。妪见不饱，又进一豚。食半余半，乃还之。后为吏部郎，妪儿为小令史，道真超用之。不知所由，问母，母告之。于是赍牛酒诣道真，道真曰："去，去！无可复用相报。"

——《任诞第二十三》之十七

再啃一个嘛……
嚼——嚼——
这么能吃啊……
还有……
嗝~
呃，吃剩下的还能退啊……

当然，中国人最讲究的就是不忘“一饭之恩”，何况是，一头半的蒸乳猪之恩。

吃货吃的是态度，是乐趣，是审美，而不是炫富摆阔，所以那些争先恐后用食物装点门面的暴发户们，很快就没落了。唯有吃的风度，吃的性格，才能比菜谱本身更长远地流传下来。所以，人们记住的是阮籍和刘道真，而不是炫富的王济。

古人的零食“肉干”

每当春节在即，都能收到许多来自朋友的馈赠，其中各具风味的加工肉类食品又最受欢迎，比如各地的腌肉、腊肉、风干肉、灌肠等，已成为中国人餐桌上必不可少的一道佳肴。尤其在正月，按照旧俗，都会把各类肉提前做成可以保存的食物，保证整个正月甚至整年里都会有肉吃。

鸿胪卿孔群好饮酒，王丞相语云：“卿何为恒饮酒？不见酒家覆瓿布，日月糜烂？”群曰：“不尔。不见糟肉乃更堪久？”群尝书与亲旧：“今年田得七百斛秫米，不了曲糵事。”

——《任诞第二十三》之二十四

在魏晋这一中国饮食文化史上“渐至佳境”的时期，各种肉食都出现了，比如，延续至今的风味小吃糟肉。

注：丞相王导　　　　注：御史中丞孔群

但是，若论下酒，最受欢迎的还是要属肉干啦，简直比今天的薯片还畅销。

卫君长为温公长史，温公甚善之，每率尔提酒脯就卫，箕踞相对弥日。卫往温许亦尔。

——《任诞第二十三》之二十九

注：卫君长，即卫永，
温峤的左军长史

注：温峤，手握重兵的大将军

注：子曰：自行束脩以上，
吾未尝无诲焉。（《论语》）

耶！
看在肉干的份上……

这个肉干好吃吧？
必须的，圣人都爱。

对啊，当初孔子说……
不对，庄子说……

老子
不是说……
不对，老子不
是这意思……
呼噜呼噜——
嘤嘤嘤——
我不是要减肥吗？
可恶！可恶！
可恶！
下次换你请哈！
我请你吃糟肉，
那个不长胖。

古人因为肉类保存不易把肉干当零食也就罢了，在追求新鲜健康的食物的今天，各类风味肉食仍然是春节的最佳礼品之一。或许只能说明饮食文化最能保持长久惯性，以至于当我们走出了肉类食物贫乏的时代，依然保持着遥远历史回音所决定的味蕾。

舍“鱼干”取“廉洁”者也

孟子说：“鱼，我所欲也，熊掌亦我所欲也；二者不可得兼，舍鱼而取熊掌者也。”在熊掌面前，鱼再美味也会被“无情”舍弃掉。

舍弃鱼的可不止孟子一个，在中国“吃货”史上，放弃“鱼”的可真不少。比如鲁国宰相公休仪就曾经拒收客人送来的鱼，楚国令尹孙叔敖只吃咸鱼干秀“清廉”，后汉的羊续把下属送来的鱼挂在屋檐下做警示，南朝的傅昭则选择将送来的鱼养起来表示拒绝。这些吃货们专和“鱼”过不去的故事，充分说明，对古人来说，如果你能有足够的定力拒绝美味的鱼，就能被载入史书彪炳千古……

在廉洁的名声前，古人那是相当拎得清的。即使偶尔有些人不太拎得清，也会马上有人跳出来纠正他。

陶公少时作鱼粱吏，尝以坩鲊饷母。母封鲊付使，反书责侃曰："汝为吏，以官物见饷，非唯不益，乃增吾忧也。"

——《贤媛第十九》之二十

后来，出身低微的陶侃成了太尉、荆州刺史，还获赠当时最高荣誉“大司马”，这在重视门第的晋代可是独一份。有个能拒绝吃鱼的好母亲大概是“秘密武器”吧。

然而在美味面前犯错误是人之常情，搞不清重点，可是会闹笑话的哦，就算是吃货，也没法被原谅……

虞啸父为孝武侍中，帝从容问曰："卿在门下，初不闻有所献替。"虞家富春，近海，谓帝望其意气，对曰："天时尚暖，鲥鱼虾鲊未可致，寻当有所上献。"帝抚掌大笑。

——《纰漏第三十四》之七

嗯？
呃，呃。
嗯……
眼下刚变暖还不能做鲊，过段时间您就有口福啦。
呃……好吧……虞爱卿那就辛苦你啦！
不辛苦不辛苦。

对皇帝来说，当然是臣子的清廉德行和才华比较重要，至于鱼当然毫不犹豫就被“舍弃”了。虞啸父没有看到这一点未免也有些太不可思议啦。

话说回来，每年到了农历十月到十一月，就是做“鲊”之类干鱼腌鱼的最好时节。大家还等什么，只要不和廉洁冲突，赶快去享受吃货的乐趣吧！

吃面也要看颜值

在魏晋南北朝，谷物、粉面制成的食品全部统称为饼，煎鸡蛋鸭蛋是饼，油炸米线也是饼。汉饼、胡饼、蒸饼、汤饼……统统都是饼。其中汤饼的做法，很像今天的刀削面和水煮面片，在当时这可是一道著名的宫廷美食。要“有风度”地吃上一碗面片，得有一个附加值：看脸！

何平叔美姿仪，面至白。魏明帝疑其傅粉，正夏月，与热汤饼。既啖，大汗出，以朱衣自拭，色转皎然。

——《容止第十四》之二

掉粉,掉粉掉粉!
可恶！可恶可恶可恶！
叫你擦粉，叫你擦粉！
哇！
吃面都这么帅！
哇！
吃面都这么帅！

何晏吃面直播开始啦！
哎呀，真热呀……
yayaya——
哇——
呃——
哇哇哇——
何美人！！
哇哇哇——
何美人好可爱！
何美人好白哦！
什么！
居然更白了……

魏明帝让何晏盛夏吃热汤饼，可谓“用心良苦”，可这反倒成全了何晏的帅哥之名。看来，即使是一碗面，好不好吃不重要，好不好看才重要啊！

吃馕可以娶媳妇

魏晋时，最受欢迎的面食，可不是“汤饼”面条，而是来自西域的胡饼。从做法上看，胡饼很像今天的馕。胡饼可不是地道的中华传统美食，而是当时胡汉交融的结果。不过可能就像我们迅速接受了肯德基麦当劳一样，胡饼也顺利成为当时最普及最流行的“小吃”，还延伸出了白饼髓饼烧饼等一众“面饼家族”。作为吃货，只要对美食怀抱着开放的心态，说不定还能有“意外之喜”哦。

郗太傅在京口，遣门生与王丞相书，求女婿。丞相语郗信：“君往东厢，任意选之。”门生归，白郗曰：“王家诸郎，亦皆可嘉，闻来觅婿，咸自矜持。唯有一郎，在东床上坦腹卧，如不闻。”郗公云：“正此好！”访之，乃是逸少，因嫁女与焉。

——《雅量第六》之十九

注：郗鉴

注：王旷，东晋书法家，王羲之的父亲

随便挑随便选，
大甩卖了！！！

郗太傅来
挑选女婿啦！

耶！人生逆袭
的时候到了！
郗家可是名门！
注：书圣王羲之

你确定这个
时候还要吃？
我肚子好饿，
有什么吃的没有啊！

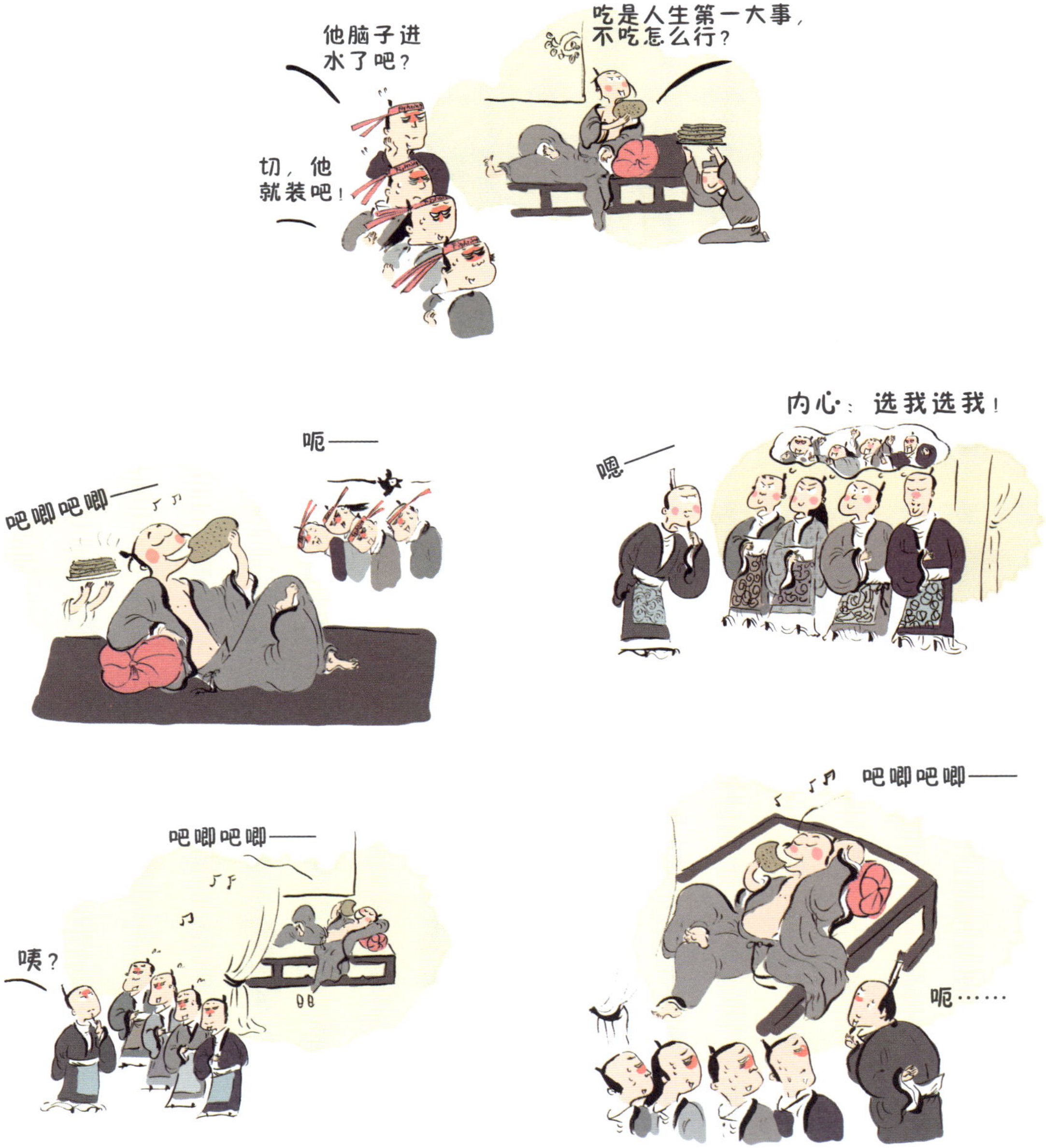

吃是人生第一大事，不吃怎么行？
他脑子进水了吧？
切，他就装吧！
吧唧吧唧——
呃——
内心：选我选我！
嗯——
吧唧吧唧——
咦？
吧唧吧唧——
呃……

一个馕就能娶上一个媳妇，看来当个傲娇的吃货，收益还是蛮大的嘛。

救命的锅巴

锅巴对于今天用习惯用电饭煲的我们来说，确实有些陌生了。但是过去二十年，锅巴是煮饭常见的产物，还有很多人喜欢吃烧糊的焦饭，古人也不例外。甚至在有些时候，方便储存的锅巴还能救命。

吴郡陈遗，家至孝。母好食铛底焦饭，遗作郡主簿，恒装一囊，每煮食，辄贮录焦饭，归以遗母。后值孙恩贼出吴郡，袁府君即日便征。遗已聚敛得数斗焦饭，未展归家，遂带以从军。战于沪渎，败，军人溃散，逃走山泽，皆多饥死，遗独以焦饭得活。时人以为纯孝之报也。

——《德行第一》之四十五

……还有人爱吃这个呀。
锅巴还得带回家给俺娘咧。
孙恩乱党来了，快跑啊！！！
呜哇哇哇——
快跑，快跑，快跑啊！！！
还得回去给俺娘……
呼哧~呼哧~
呜哇哇哇——
呜哇——
嗖——

还得回去给俺娘……

看看还有活的吗？
都死啦！

……还得回去给我娘……

……饿……

当然，真正救命的不是锅巴，而是传统伦理中的孝道，饭也吃得这么讲究“礼义廉耻”，算不算一种独属中国人的教化风尚？

吃烧饼别忘看脸色哦

古人喜欢游山玩水，出门肯定得带干粮啦。烧饼由于携带方便，不容易坏，从东汉传入中原开始，几千年来一直都是居家旅行、行军打仗的头选必备。不过，在中国，不管是高规格的正式宴请，还是私底下旅个游聚个餐，察言观色的优良传统可不能丢。对古人来说，认不清官职倒还不那么重要，得罪了知识分子更难办啊……

褚公于章安令迁太尉记室参军，名字已显而位微，人未多识。公东出，乘估客船，送故吏数人投钱唐亭往。尔时吴兴沈充为县令，当送客过浙江，客出，亭吏驱公移牛屋下。潮水至，沈令起彷徨，问："牛屋下是何物？"吏云："昨有一伧父来寄亭中，有尊贵客，权移之。"令有酒色，因遥问："伧父欲食𩞄不？姓何等？可共语。"褚因举手答曰："河南褚季野。"远近久承公名，令于是大遽，不敢移公，便于牛屋下修刺诣公。更宰杀为馔，具于公前，鞭挞亭吏，欲以谢惭。公与之酌宴，言色无异，状如不觉。令送公至界。

——《雅量第六》之十八

注：褚裒，东晋名士，后担任中书令

注：沈充，晋代官员，当时任县令

可恶！！
喂，你家先生都过去啦！

哞哞哞——

钱唐亭

牛屋里是谁？
一个北方人啦。

喂——
那个北人，
想吃烧饼么？
你姓什么？
一起聊聊呗。
就是他，
磕碜得不行。
褚，
褚先生……
褚季野。
原来是大文化人
褚先生啊，我是
个粗人，得罪了。
收下吧。
还不赶快宰鸡宰
羊招待褚先生。
吧唧吧唧

看人下菜碟可算不上什么好习惯，小心会被“反噬”的哦。当然，作为名士，也需要“不以物喜，不以己悲”的胸襟和气度，旁人的羞辱或追捧，都无需放在心上。

煮粥的风范

古人对当家主母的要求是“上得厅堂下得厨房”，这话可不是说说而已，“主”母“主”母，“主”的是一家人的饭碗。但你千万不要以为，古人所说的好妻子，仅仅是做好一顿饭而已。其实即使在一千八百年前，做好一顿饭，需要的也不是简单的厨艺。

许允为吏部郎，多用其乡里，魏明帝遣虎贲收之。其妇出诫允曰：“明主可以理夺，难以情求。”既至，帝核问之。允对曰：“‘举尔所知’。臣之乡人，臣所知也。陛下检校为称职与不，若不称职，臣受其罪。”既检校，皆官得其人，于是乃释。允衣服败坏，诏赐新衣。初，允被收，举家号哭。阮新妇自若云：“勿忧，寻还。”作粟粥待。顷之允至。

——《贤媛第十九》之七

注：许允，曹魏时期有名的官员，官至中领军

面对懂道理的君主只能以理服人，别徒劳地求情呀。
身为吏部郎，怎么敢只用你的同乡？
注：魏明帝曹叡
咳咳，我只任命我知道的人，我了解我的同乡，陛下要是觉得他们不称职，我甘愿受罚。
嗯嗯，这话有道理，去，调查调查。
报，陛下！没有发现这些人有不称职的。

内心：
委屈？命都被你吓掉了！
爱卿，这次委屈你了，看你穿得这么破旧，一定是个好官，给你件新衣服赶快回家吧。
爱卿，请起～
陛下圣明！
内心：
我遭了这么大的罪给件衣服就算完了啊？要不是我老婆，这条命都砸在你手里了。
呜呜呜……
哗啦哗啦
你怎么还吃得下饭？
不要着急，小米粥一会就好。
呼呼
……

可这么优秀的妻子，想当初许允却因为嫌弃对方貌丑，差点错过……

许允妇是阮卫尉女，德如妹，奇丑。交礼竟，允无复入理，家人深以为忧。会允有客至，妇令婢视之，还答曰："是桓郎。"桓郎者，桓范也，妇云："无忧，桓必劝入。"桓果语许云："阮家既嫁丑女与卿，故当有意，卿宜察之。"许便回入内。既见妇，即欲出。妇料其此出，无复入理，便捉裾停之。许因谓曰："妇有四德，卿有其几？"妇曰："新妇所乏唯容尔。然士有百行，君有几？"许云："皆备。"妇曰："夫百行以德为首，君好色不好德，何谓皆备？"允有惭色，遂相敬重。

——《贤媛第十九》之六

注：桓范，官至大司农

瞄
转身
拉住
咳咳……
当人老婆总得有点长处，
你有什么？
呃……
不就是不好看吗？
你又凭啥这么嫌弃我？

常言说，抓住一个人的心首先要抓住他的胃，许允妻子最后还是凭借一碗粥成功“收”了这位历史上著名的名士。可见，无论是容貌还是厨艺，都不是万能的，有智慧才最重要。

吝啬鬼的李子

若问魏晋六朝时什么水果最受欢迎，非李子莫属。

《西京杂记》《齐民要术》《风土记》都有对李子的记载，甚至还有一篇专门歌颂李子的赋：《李赋》。六朝的心机吃货们动不动就提笔为自己心爱的李子铺陈出洋洋洒洒的赞美之词。而对于吃货们来说，不同口感的李子当然有不同的意趣，所以李子易得，好李子难得，值得珍惜的李子更难得。毕竟，古人不懂转基因嫁接育种无土栽培，能获得好吃的李子品种不是撞了大运就是几代人精心培植的结果。所以种出来的好李子可不能随便给人吃。

这不，侍中王济就因为中书令和峤舍不得几个李子，而和他较上了劲。

和峤性至俭，家有好李，王武子求之，与不过数十。王武子因其上直，率将少年能食之者，持斧诣园，饱共啖毕，伐之，送一车枝与和公。问曰："何如君李？"和既得，唯笑而已。

——《俭啬第二十九》之一

听说你家李子不错，送点给我尝尝？
我家的李子哪能比得上您家的，真是，真是……
注：和峤
注：王济
哎……
大人，这是和大人送来的李子。
什么？！和峤这个小气鬼，居然拿这么点李子糊弄我！
哼——

砰——
和峤私
人李园

吧唧吧唧——

嗝——

兄弟们，砍！

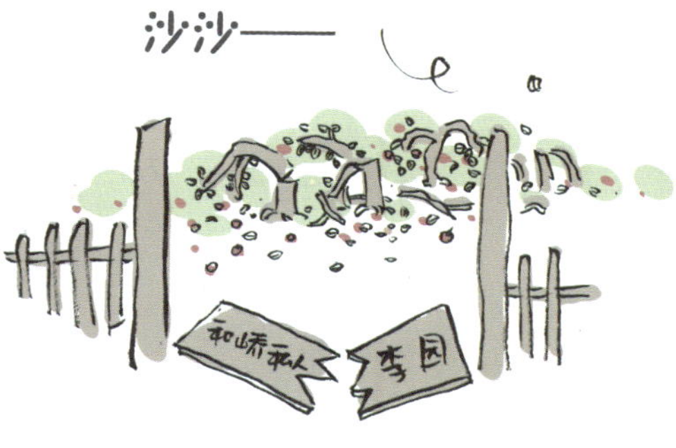
沙沙——
和峤私人
李园

为什么相当于宰相的和峤，最后忍了王济这个“混不吝”了？还不是因为王济出身可是当时最豪的王氏家族。不过这也说明，美食需要分享，否则会引起公愤的哦。

成也李子，败也李子

关于李子的故事，王济因吃不上李子而砍了人家的树，同为“王家人”的王戎，在魏晋人物中更是和李子有着谜之缘分：由于李子的缘故，他年纪轻轻便赢得了聪慧的美誉，并跻身于“竹林七贤”之中。然而，到了晚年，同样因为李子，他却耗尽了自己年幼时积累下的好名声，更被贴上了千年来都难以洗刷的“吝啬鬼”的标签……

看来王戎小朋友和李子较上了劲啊……真是成也李子，败也李子。

王戎七岁，尝与诸小儿游。看道边李树多子折枝，诸儿竞走取之，唯戎不动。人问之，答曰：“树在道边而多子，此必苦李。”取之，信然。

——《雅量第六》之四

哇，李子！！
哇，李子！！
给我给我！
摘李子咯！
你不是最爱
吃李子吗？

王戎有好李，常卖之，恐人得其种，恒钻其核。

——《俭啬第二十九》之四

王戎长大后

哈哈，都是我的李子。
都是我的……
哼哼，今年李子谁也不准吃，我要统统卖掉。
呃——
是，老爷……
要是卖李子别人不就得到老爷的李种了吗？
是啊是啊，别卖吧。

王戎怕别人种出和他家一样的李子，便把李子的核钻破再出售。虽然王戎的“专利意识”值得嘉许，毕竟李子核里贮存着优良品种的全部遗传信息，这或许也能说明他颇有生意头脑？可古代李子那么小，又没有机器，耗费人力一天能钻几个李子核啊？王戎因为吝啬，大概快要得抑郁症了吧？

有德才能吃桃子

如果在水果中选一种最能代表中原文化的，那一定非桃子莫属。什么“园有桃，其实之肴”、“桃之夭夭”、“投我以木桃”、“二桃杀三士”、“玉桃，服之长生不死”、“海上有蟠桃，三千霜乃熟，一千年开花，一千年结子，东方朔尝三盗此桃矣”，历史上关于桃子的典故数不胜数。

不过在魏晋时期这桃子可不是随随便便就能吃到的，要吃到好桃子，有钱有地位亲戚朋友相赠什么的都不算，最重要的还得有德行。

桓玄素轻桓崖。崖在京下有好桃，玄连就求之，遂不得佳者。玄与殷仲文书，以为嗤笑曰：“德之休明，肃慎贡其楛矢；如其不尔，篱壁间物，亦不可得也。”

——《排调第二十五》之六十五

注：桓玄，桓温之子，东晋权臣

注：桓修，桓玄、桓崖堂哥，东晋将领

左卫将军送
桃子来啦！
踹——
那就收下吧。
仲文来了啊！
殷仲文，桓玄的姐夫

桓玄向来轻视自家堂兄弟，想必两人之间有不少恩怨，想要美味的桃子怕是很难，没有吃到桃子的桓玄也只好自嘲自己人品不好啦！

酸酸甜甜的梅子

过了端午，新鲜的梅子就会陆续上市啦，无论是青梅还是杨梅，都是栽培历史超过三千年、不折不扣的中华本土水果。魏晋时，还没有大量引入外域的水果，梅子自然也成了人们餐桌上最常见的美味，一听到名字，可都是会掉口水的哦。

魏武行役，失汲道，三军皆渴，乃令曰：“前有大梅林，饶子，甘酸可以解渴。”士卒闻之，口皆出水，乘此得及前源。

——《假谲第二十七》之二

注：大将军曹操

嗯?怎么又
回来了？！
将军，我们
迷路了！
迷路了……
唉！我好口渴！
我也是啊！
渴死了……
不走了。
走不动了！
呜哇——

前面有一片大梅林，
树上长满了梅子。
真的，我吃过的，
又甜又酸，
特别解渴。
哇哇哇！快！
嘻嘻

曹操这个关于梅子的“玩笑”开得很成功，开出了一个著名成语“望梅止渴”，但是，玩笑也不能随便开，这不，有人就被撑回来了。

梁国杨氏子九岁，甚聪惠。孔君平诣其父，父不在，乃呼儿出。为设果，果有杨梅，孔指以示儿曰：“此是君家果。”儿应声答曰：“未闻孔雀是夫子家禽。”

——《言语第二》之四十三

注：孔坦，孔子的第二十六代孙

古代人讲究避讳，聊天中随便提到对方长辈的名字是很不礼貌的。不过吃货们可要牢牢记住了，要想吃，不仅要懂得美食，还得懂一点“抖机灵”，否则岂不是少了很多乐趣？

最古老的蔬菜“薤”

在春天江南的荒野上，往往大片大片地生长着一种水嫩嫩绿油油、一尺多高的小草，那就是薤。不过今天大约很少有人知道，它曾是中国最古老最常见的蔬菜，也是非常重要的文化意象，从汉乐府到唐诗宋词，都曾频繁出现。

这来源于古代最著名的送葬挽歌《薤露》：薤上草，何易晞，露晞明朝更复落，人死一去何时归。

只不过古人并不忌讳，因为对他们来说，吃什么倒无所谓，风度（俗称吃相）千万要好，否则就要给自己惹祸咯……

桓公坐有参军椅烝薤，不时解，共食者又不助，而椅终不放，举坐皆笑。桓公曰："同盘尚不相助，况复危难乎！"敕令免官。

——《黜免第二十八》之四

蒸薤：把米和薤用油调和后蒸熟，
大量的油脂会黏住筷子。

蒸薤，即用米和薤用油调和后蒸熟，这样的做法使蒸薤凝结后发黏，一不小心筷子就会和薤黏在一起，很难拔出来。不过，由于吃一盘薤就罢黜了这么多人的官位，貌似有点小题大做。这可能和桓温是带兵的将军有关？毕竟，在军旅之中，没什么比上下团结一致，比兄弟情谊更重要的。一道菜，也可以是试金石啊。

作为常见蔬菜，薤既能像“水煮白菜”用燕窝吊汤一样，用古时非常珍贵的动物油脂熬制，也能简单蒸一下就吃。

苏峻之乱，庾太尉南奔见陶公，陶公雅相赏重。陶性俭吝。及食，啖薤，庾因留白。陶问：“用此何为？”庾云：“故可种。”于是大叹庾非唯风流，兼有治实。

——《俭啬第二十九》之八

荆州刺史陶侃
太尉庾亮
陶公啊，战乱逃难，不好意思来打扰你。
小意思啦！

请——
谢谢陶公！
都说陶侃这家伙是个小气鬼，还能有什么？

清水蒸薤
呃——

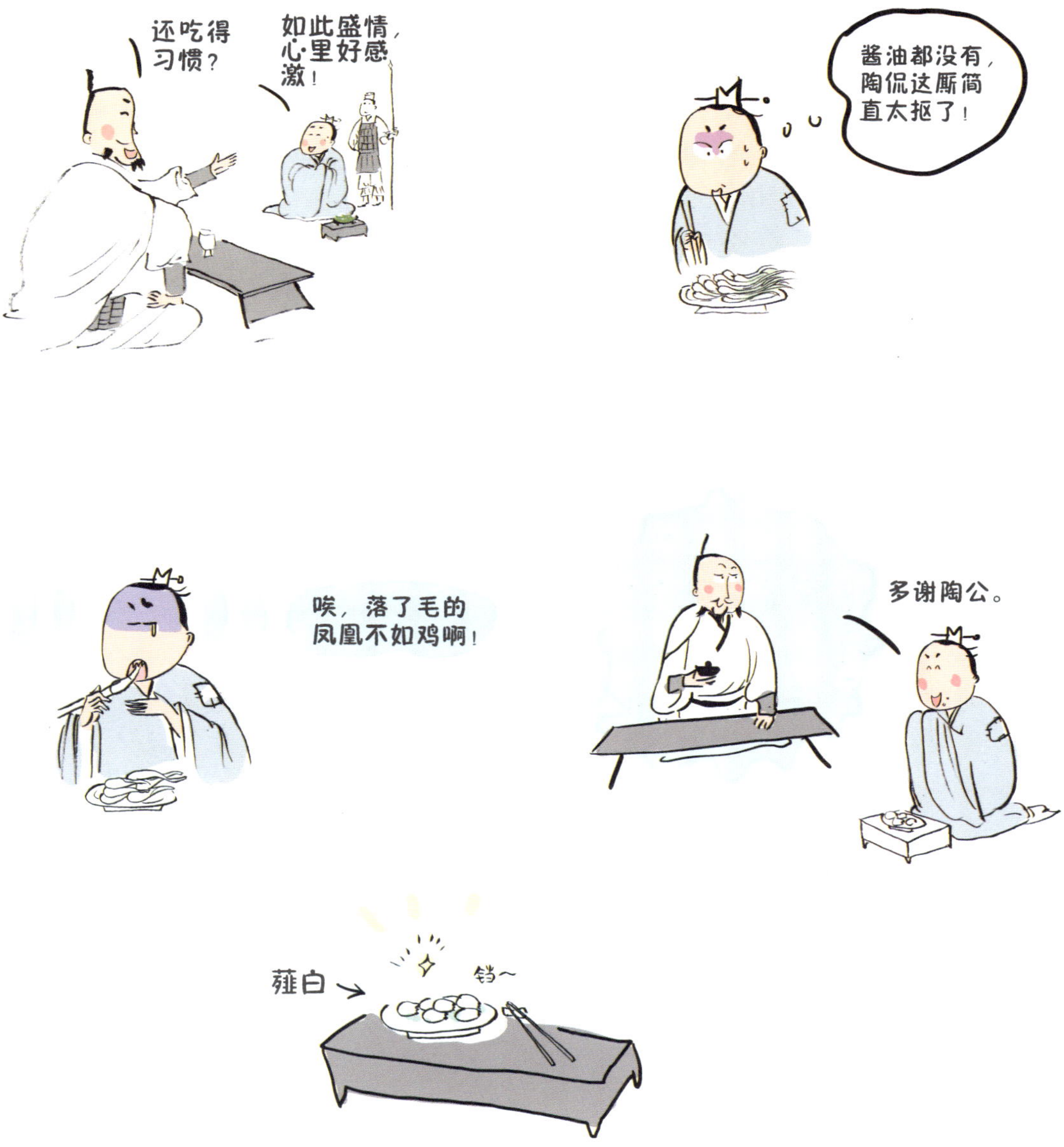
还吃得习惯？
如此盛情，心里好感激！
酱油都没有，陶侃这厮简直太抠了！
唉，落了毛的凤凰不如鸡啊！
多谢陶公。
薤白
铛～

出身高贵的庾亮官位在出身低微的陶侃之上，但陶侃手握兵权，故庾亮留下薤白，不仅是因为了解陶侃吝啬至极的性情才做出的迎合之举，更表明了自己投奔和依附的态度。人在屋檐下，不得不低头啊！